I0546436

SOCIÉTÉ

de Saint-Vincent-de-Paul.

CANTIQUES

POUR LA RETRAITE

BORDEAUX

CHEZ CODERC, DEGRÉTEAU ET POUJOL

Y (MAISON **LAFARGUE**)

du Pas-Saint-Georges, 28

1863

Société de Saint-Vincent-de-Paul.

CANTIQUES POUR LA RETRAITE

SOCIÉTÉ
de Saint-Vincent-de-Paul.

POUR LA RETRAITE

BORDEAUX

CHEZ CODERC, DEGRÉTEAU ET POUJOL

(Maison **LAFARGUE**)

Rue du Pas-Saint-Georges, 28

1865

CANTIQUES

POUR LA RETRAITE

VENI, creator Spiritus,
Mentes tuorum visita ;
Imple supernâ gratiâ
Quæ tu creàsti pectora.

VENEZ, Esprit créateur, visitez les âmes de ceux qui sont à vous, et remplissez de la grâce divine les cœurs que vous avez formés.

Qui Paracletus diceris,
Donum Dei Altissimi,
Fons vivus, ignis, caritas
Et spiritalis unctio ;

Vous qu'on appelle le Consolateur, le don du Dieu très-haut, la source de vie, feu, charité et onction divine.

Tu septiformis munere,
Dextræ Dei tu digitus,
Tu ritè promissum Patris
Sermone ditans guttura ;

Vertu de la droite de Dieu, qui répandez sur nous vos sept dons, qui, selon la promesse du Père, mettez sa parole sur nos lèvres

Accende lumen sensibus,
Infunde amorem cordibus,
Infirma nostri corporis
Virtute firmans perpeti.

Éclairez-nous de votre lumière, répandez votre amour dans nos cœurs, et fortifiez, à tous les instants, notre chair infirme et défaillante.

Hostem repellas longiùs :
Pacemque dones protinùs,
Ductore sic te prævio,
Vitemus omne noxium.

Repoussez loin de nous l'ennemi et donnez-nous la paix : guidés ainsi par vous, nous éviterons tout ce qui peut nous nuire.

Apprenez-nous à connaître le Père ; apprenez-nous à connaître le Fils, et vous, Esprit du Père et du Fils, soyez à jamais l'objet de notre amour et de notre foi.

Gloire à Dieu le Père, gloire à Dieu le Fils qui est ressuscité d'entre les morts, et au Saint-Esprit Paraclet, dans les siècles des siècles. Ainsi soit-il.

Per te sciamus da Patrem,
Noscamus atque Filium,
Te utriusque Spiritum
Credamus omni tempore.

Gloria Patri Domino,
Natoque qui à mortuis
Surrexit, ac Paracleto,
In seculorum secula.
Amen.

Pour l'ouverture d'une Mission ou d'une Retraite.

1. Un Dieu vient se faire entendre ;
Cher peuple, quelle faveur !
A sa voix il faut vous rendre,
Il demande votre cœur.

Accourez, peuple fidèle,
Venez à { la mission;
         { l'instruction ;
Le Seigneur, qui vous appelle,
Veut votre conversion.

2. Dans l'état le plus horrible
Le péché vous a réduits :
Mais à vos malheurs sensible,
Vers vous, Dieu nous a conduits.
Accourez, etc.

3. Sur vous il fera reluire
Une céleste clarté ;
Dans vos cœurs il va produire
Le feu de la charité.
Accourez, etc.

4. Hélas ! trop longtemps le crime
   Pour vous avait des attraits ;
   Qu'un saint désir vous anime !
   Renoncez-y pour jamais.
      Accourez, etc.

5. Loin de vous toute injustice
   Et toute division ;
   Que partout se rétablisse
   La concorde et l'union.
      Accourez , etc.

6. Sans tarder, changez de vie ;
   Sur vos maux, pleurez, pécheurs ;
   C'est Dieu qui vous y convie,
   N'endurcissez pas vos cœurs.
      Accourez, etc.

7. Ah ! Seigneur, qu'enfin se fasse
   Ce précieux changement ;
   Dans nos cœurs, par votre grâce ,
   Venez agir fortement.
      Accourez, etc.

8. Brisez , ô Dieu de clémence !
   Leur coupable dureté.
   Qu'une sainte pénitence
   Lave notre iniquité.
      Accourez, etc.

Pour une Retraite, on chantera le refrain ainsi qu'il suit :

   Accourez à la Retraite ,
Suivez la voix du Seigneur ;
Là , votre âme satisfaite
L'entendra parler au cœur.

Invocation au Saint-Esprit.

Esprit-Saint, descendez en nous ;　　　　*bis.*
Embrasez notre cœur de vos feux,
　　De vos feux　　　　　　　　　　　} *bis.*
　　Les plus doux.
Sans vous notre vaine prudence
Ne peut, hélas ! que s'égarer ;
Ah ! dissipez notre ignorance :　　　　*bis.*
　　Esprit d'intelligence,　　　　　} *bis.*
　　Venez nous éclairer.

Le noir enfer, pour nous livrer la guerre,
Se réunit au monde séducteur :
Tout est pour nous embûche sur la terre,
Soyez, soyez notre libérateur (*bis*). Esprit, etc.

Enseignez-nous la divine sagesse ;
Seule elle peut nous conduire au bonheur ;
Dans ses sentiers qu'heureuse est la jeunesse !
Qu'heureuse est la vieillesse !　　　Esprit, etc.

Même sujet.

Refr. Esprit saint, Dieu de lumière,
　　O vous que nous invoquons,
　　Venez des cieux sur la terre,　　} *bis.*
　　Comblez-nous de tous vos dons.
1. Enseignez-nous cette sagesse,
　　Qui ne cherche que le Seigneur ;
　　Que notre étude soit sans cesse
　　De lui soumettre notre cœur.　　Esprit, etc.
2. Guidez nos pas vers la patrie
　　Au séjour des élus vainqueurs ;
　　Puissions-nous près de Marie,
　　Trouver l'oubli de nos douleurs. Esprit, etc.

Sur le Salut.

1. Travaillez à votre salut :
Quand on le veut, il est facile ;
Chrétiens, n'ayez point d'autre but,
Sans lui tout devient inutile. (*bis*).
Sans le salut (*bis*) pensez-y bien,
Tout ne vous servira de rien (*bis*).

2. Oh ! que l'on perd en le perdant !
On perd le céleste héritage ;
Au lieu d'un bonheur si charmant,
On a l'enfer pour son partage (*bis*).
Sans le salut (*bis*), etc.

3. Que sert de gagner l'univers
Si l'on vient à perdre son âme,
Et s'il faut au fond des enfers
Brûler dans l'éternelle flamme ? (*bis*).
Sans le salut (*bis*), etc.

4. Rien n'est digne d'empressement,
Si ce n'est la vie éternelle ;
Le reste n'est qu'amusement,
Tout n'est que pure bagatelle. (*bis*).
Sans le salut (*bis*), etc.

5. C'est pour toute une éternité
Qu'on est heureux ou misérable :
Que, devant cette vérité,
Tout ce qui passe est méprisable ! (*bis*).
Sans le salut (*bis*), etc.

6. Grand Dieu ! que tant que nous vivrons,
Cette vérité nous pénètre !
Ah ! faites que nous nous sauvions
A quelque prix que ce puisse être. (*bis*).
Sans le salut (*bis*), pensez-y bien,
Tout ne vous servira rien. (*bis*).

Actions de Grâces.

1. Bénissons à jamais
Le Seigneur dans ses bienfaits ;
    Bénissons à jamais
Le Seigneur dans ses bienfaits.
Bénissez-le, saints Anges ;
Louez sa majesté,
Rendez à sa bonté
Mille et mille louanges.   Bénissons, etc.

2. C'est un bien tendre père,
Plein de bonté pour nous ;
Il nous supporte tous
Malgré notre misère.   Bénissons, etc.

3. Comme un pasteur fidèle,
Sans craindre le travail,
Il ramène au bercail
Une brebis rebelle.   Bénissons, etc.

4. Il a brisé ma chaîne ;
Il est mon protecteur ;
Et comme un doux Sauveur,
Il soulage ma peine.   Bénissons, etc.

5 Il a guéri mon âme,
Comme un bon médecin ;
Comme un flambeau divin,
Il m'éclaire, il m'enflamme. Bénissons, etc.

6. Il me comble à toute heure
De grâce et de faveur ;
Dans le fond de mon cœur
Il a pris sa demeure.   Bénissons, etc.

7. Sa bonté me supporte,
Sa lumière m'instruit ;
Sa douceur me ravit.
Son amour me transporte. Bénissons, etc.

8. Son cœur sera sans cesse
   Ma force et mon appui ;
   Je me consacre à lui ;
   Son tendre amour me presse. Bénissons, etc

9. Ma devise chérie,
   Ma gloire et mon bonheur,
   Seront d'être au Seigneur
   Pendant toute ma vie.   Bénissons, etc.

10. Dieu seul est ma tendresse,
   Dieu seul est mon soutien,
   Dieu seul est tout mon bien,
   Ma vie et ma richesse.   Bénissons, etc.

Sur le respect humain.

REFRAIN.

Armons-nous, la voix du Seigneur,
Chrétiens, au combat nous appelle ;
Elle est si noble ! elle est si belle !
La palme promise au vainqueur !

1. Tout le cours de notre existence
   N'est qu'un long et rude combat ;
   L'âme ferme que rien n'abat,
   Seule obtiendra la récompense.

2. Des sens la voix enchanteresse
   Veut égarer notre raison ;
   Leurs délices sont un poison :
   Le remords suit de près l'ivresse.

3. Du monde la voix nous convie
   A ses plaisirs, à ses honneurs ;
   Sacrifions ces biens trompeurs
   Aux biens de l'éternelle vie.

4. Du démon, la voix menaçante,
   Rugit sans cesse autour de nous ;
   L'homme de foi craint peu ses coups,
   Il rit de sa rage impuissante.

5. Que craignez-vous? Jésus vous guide ;
  Rangez-vous sous son étendard :
  Que l'ennemi lance son dard ,
  Vous avez l'invincible guide.
6. Courage , ô milice chérie !
  Courage donc , jusqu'à la mort :
  Courage , vous touchez au port ,
  Bientôt vous verrez la patrie.

Sentiments de contrition.

1. Hélas !
  Quelle douleur
  Remplit mon cœur ,
Fait couler mes larmes !
  Hélas !
  Quelle douleur
  Remplit mon cœur
De crainte et d'horreur !
  Autrefois ,
Seigneur sans alarmes ,
  De tes lois
Je goûtais les charmes :
  Hélas !
  Vœux superflus !
  Beaux jours perdus ,
Vous ne serez plus !!!
  2. La mort
  Déjà me suit ;
  O triste nuit !
Déjà je succombe ,
  La mort
  Déjà me suit
  Le monde fuit ,
Tout s'évanouit.

Je la vois
Entr'ouvrant ma tombe,
  Et sa voix
M'appelle et j'y tombe.
  O mort !
  Cruelle mort !
  Si jeune encor !
Quel funeste sort !
  3. Frémis ,
  Ingrat pécheur ;
  Un Dieu vengeur
D'un regard sévère ,
  Frémis ,
  Ingrat pécheur ;
  Un Dieu vengeur
Va sonder ton cœur.
  Malheureux !
Entends son tonnerre
  Si tu peux ,
Soutiens sa colère :
  Frémis ;
  Seul aujourd'hui ,
  Sans nul appui ,
Parais devant lui.

4. Grand Dieu !
Quel jour affreux
Luit à mes yeux !
Quel horrible abîme !
Grand Dieu !
Quel jour affreux
Luit à mes yeux !
Quels lugubres feux !
Oui l'enfer,
Vengeur de mon crime,
Est ouvert,
Attend sa victime.
Grand Dieu !
Quel avenir !
Pleurer, gémir,
Toujours te haïr !
5. Beau ciel,
Je t'ai perdu,
Je t'ai vendu
Pour de vains caprices ;
Beau ciel,
Je t'ai perdu,
Je t'ai vendu ;
Regret superflu !
Loin de toi,
Toutes les délices
Sont pour moi
De nouveaux supplices.
Beau ciel !
Toi que j'aimais,
Qui me charmais,
Ne te voir jamais !...
6. O vous,
Amis pieux,

Toujours joyeux,
Et pleins d'espérance !
O vous,
Amis pieux,
Toujours joyeux,
Moi seul malheureux !
J'ai voulu
Sortir de l'enfance,
J'ai perdu
L'aimable innocence !
O vous !
Du ciel un jour,
Heureuse Cour !
Adieu sans retour.
7. Non, non,
C'est une erreur :
Dans mon malheur,
Hélas ! je m'oublie.
Non, non,
C'est une erreur ;
Dans mon malheur,
Je trouve un Sauveur.
Il m'entend,
Me réconcilie ;
Dans son sang,
Je reprends la vie.
Non, non,
Je l'aime encor,
Et le remords
A changé mon sort.
8. Jésus,
Manne des cieux,
Pain des heureux,
Mon cœur te réclame ;

Jésus,
Manne des cieux,
Pain des heureux,
Viens combler mes vœux.
Désormais
Ta divine flamme

Pour jamais
Embrase mon âme.
Jésus,
O mon Sauveur!
Fais de mon cœur
L'éternel bonheur.

Cantique du soir.

Le soleil vient de finir sa carrière;
Comme un instant ce jour s'est écoulé.
Jour après jour, ainsi la vie entière
S'écoule et passe avec rapidité. *bis.*

2. A chaque instant l'éternité s'avance...;
Travaillons-nous à nous y préparer?
De nos péchés faisons-nous pénitence?
De la vertu suivons-nous le sentier? *bis.*

3. Si cette nuit le souverain Arbitre
Nous appelait devant son tribunal,
A sa clémence aurions-nous quelque titre?
Que lui répondre en cet instant fatal? *bis.*

4. Le cœur touché d'un repentir sincère,
Pleurons, chrétiens, les fautes de ce jour;
Du Dieu vengeur désarmons la colère:
Un cœur contrit regagne son amour. *bis.*

Amende honorable.

1. Mon doux Jésus, enfin voici le temps
De pardonner à nos cœurs pénitents;
Nous n'offenserons jamais plus
Votre bonté suprême, } *bis.*
O doux Jésus.

2. Puisqu'un pécheur vous a coûté si cher,
Faites-lui grâce; il ne veut plus pécher.

Ah! ne perdez pas cette fois
   La conquête admirable   } *bis*
     De votre croix.

3. Enfin, mon Dieu, nous sommes à genoux
Pour vous prier de nous pardonner tous.
Pardonnez-nous, ô Dieu clément !   }
   Lavez-nous de nos crimes   } *bis*.
     Dans votre sang.

Pour l'Élévation ou la Bénédiction.

Refr. O Roi des cieux !
Vous nous rendez tous heureux,
Vous comblez tous nos vœux,
En résidant pour nous dans ces lieux.

    1. Prodige d'amour !
     Dans ce séjour,
Vous vous immolez pour nous chaque jour !
    A l'homme mortel
Vous offrez un aliment éternel.
    O Roi des cieux, etc.

    2. Seigneur, vos enfants
     Reconnaissants,
Vous offrent les plus tendres sentiments ;
    Leurs cœurs, sans retour,
Veulent brûler du feu de votre amour.
    O Roi des Cieux ! etc.

    3. Chantons tous en chœur :
     Gloire et honneur
A Jésus notre aimable Rédempteur !
    Chantons à jamais
De son amour les éternels bienfaits
    O Roi des cieux, etc.

Même sujet.

1. Que cette voûte retentisse
   Des voix et des chants des mortels ;
   Que tout ici s'anéantisse :
   Jésus paraît sur nos autels. } *bis.*

2. Quoique caché dans ce mystère
   Sous les apparences du pain,
   C'est notre Dieu, c'est notre père,
   C'est le Sauveur du genre humain. } *bis.*

3. O divin Époux de nos âmes !
   Dans cet auguste sacrement,
   Embrasez-nous tous de vos flammes
   En vous faisant notre aliment. } *bis.*

Dieu et le Pécheur.

Dieu.

1. Reviens, pécheur, à ton Dieu qui t'appelle,
   Viens au plus tôt te ranger sous sa loi ;
   Tu n'as été déjà que trop rebelle ;
   Reviens à lui puisqu'il revient à toi.

Le Pécheur.

2. Voici, Seigneur, cette brebis errante,
   Que vous daignez chercher depuis longtemps:
   Touché, confus d'une si longue attente,
   Sans plus tarder je reviens, je me rends. *bis.*

Dieu.

3. Pour t'attirer, ma voix se fait entendre ;
   Sans me lasser, partout je te poursuis :
   D'un Dieu, pour toi, du père le plus tendre,
   J'ai les bontés, ingrat, et tu me fuis ! *bis.*

Le Pécheur.

4. Errant, perdu, je cherchais un asile
   Je m'efforçais de vivre sans effroi .
   Hélas ! Seigneur, pouvais-je être tranquille,
   Si loin de vous, et vous si loin de moi?   *bis.*

Dieu.

5. Attraits, frayeurs, remords, secret langage,
   Qu'ai-je oublié dans mon amour constant?
   Ai-je pour toi dû faire davantage?
   Ai-je pour toi dû même en faire autant?   *bis.*

Le Pécheur.

6 Je me repens de ma faute passée :
   Contre le ciel, contre vous j'ai péché ;
   Mais oubliez ma conduite insensée,
   Et ne voyez en moi qu'un cœur touché.   *bis.*

Dieu.

7. Si je suis bon, faut-il que tu m'offenses?
   Ton méchant cœur s'en prévaut chaque jour.
   Plus de rigueur vaincrait tes résistances,
   Tu m'aimerais si j'avais moins d'amour.   *bis.*

Le Pécheur.

8. Que je redoute un juge, un Dieu sévère !
   J'ai prodigué des biens qui sont sans prix ;
   Comment oser vous appeler mon Père?
   Comment oser me dire votre fils?   *bis.*

Dieu.

9. Marche au grand jour que t'offre ma lumière ;
   A sa faveur tu peux faire le bien ;
   La nuit bientôt finira la carrière ;
   Funeste nuit où l'on ne peut plus rien.   *bis.*

Le Pécheur.

10. Dieu de bonté, principe de tout être,
    Unique objet digne de nous charmer,
    Que j'ai longtemps vécu sans vous connaître!
    Que j'ai longtemps vécu sans vous aimer! *bis.*

Dieu.

11. Ta courte vie est un songe qui passe,
    Et de ta mort le jour est incertain :
    Si j'ai promis de te donner ma grâce,
    T'ai-je jamais promis le lendemain?   *l*

Le Pécheur.

12 Votre bonté surpasse ma malice;
   Pardonnez-moi ce long égarement :
   Je le déteste, il fait tout mon supplice,
   Et pour vous seul, j'en pleure amèrement. *bis.*

Dieu.

13. Le ciel doit-il te combler de délices
    Dans le moment qui suivra ton trépas?
    Ou bien l'enfer t'accabler de supplices?
    C'est l'un des deux et tu n'y penses pas! *bis.*

Le Pécheur.

14. Je ne vois rien que mon cœur ne défie :
    Malheurs, tourments ou plaisirs les plus doux;
    Non, fallût-il cent fois perdre la vie,
    Rien ne pourra me séparer de vous.   *bis.*

Le Pécheur sincèrement converti

1. Seigneur, Dieu de clémence,
   Reçois ce grand pécheur,
   A qui la pénitence
   Touche aujourd'hui le cœur;

Vois d'un œil secourable
L'excès de son malheur,
Et d'un cœur favorable
Accepte sa douleur.

2. Je suis un infidèle
Qui méconnus les lois,
Un perfide, un rebelle,
Qui péchai mille fois ;
Jamais dans l'innocence
Je n'ai coulé mes jours ;
Toujours plus d'une offense
En a terni le cours.

3. Chargé de mille crimes,
Souvent j'ai mérité
D'entrer dans les abîmes
Pour une éternité.
J'ai peu craint la colère
De ton bras irrité,
Mais cependant j'espère,
Seigneur, en ta bonté.

4. Lorsqu'à ton indulgence
Un coupable a recours,
Des traits de ta vengeance
Ton cœur suspend le cours.
Rempli de confiance,
J'ose venir à toi :
Au nom de ta clémence,
Grand Dieu ! pardonne-moi.

5. Hélas ! quand je rappelle
Combien je fus pécheur,
Une douleur mortelle
S'empare de mon cœur,
Par quel malheur extrême
Ai-je offensé souvent

Un Dieu la bonté même,
Un Dieu si bienfaisant?

6. Fuis loin, péché funeste,
Dont je fus trop charmé;
Péché, je te déteste
Autant que je t'aimai.
O Dieu bon, ô bon père!
Tu vois mon repentir,
Avant de te déplaire,
Plutôt, plutôt mourir!

7. C'est fait, je le déteste;
Plus de péché pour moi;
Le ciel, que j'en atteste,
Garantira ma foi.
Le Dieu qui me pardonne
Aura tout mon amour;
A lui seul je le donne
Sans borne et sans retour.

Vanités des choses du monde.

1. Tout n'est que vanité,
Mensonge, fragilité.
Dans tous ces objets divers
Qu'offre à nos regards l'univers:
Tous ces brillants dehors,
Cette pompe,
Ces biens, ces trésors,
Tout nous trompe,
Tout nous éblouit,
Mais tout nous échappe et nous fuit.

2. Telles qu'on voit les fleurs,
Avec leurs vives couleurs,

Eclore, s'épanouir,
Se faner, tomber et périr :
Tel est des vains attraits
Le partage ;
Tels l'éclat, les traits
Du bel âge,
Après quelques jours,
Perdent leur beauté pour toujours.

3. En vain pour être heureux,
Le jeune voluptueux
Se plonge dans les douceurs
Qu'offrent les mondains séducteurs ;
Plus il suit les plaisirs
Qui l'enchantent,
Et moins ses désirs
Se contentent :
Le bonheur le fuit
A mesure qu'il le poursuit.

4 Que doivent devenir,
Pour l'homme qui doit mourir,
Ces biens longtemps amassés,
Cet argent, cet or entassés?
Fût-il du genre humain
Seul le maître,
Pour lui tout enfin
Cesse d'être ;
Au jour de son deuil
Il n'a plus pour lui qu'un cercueil.

5. J'ai vu l'impie heureux
Porter son air fastueux
Et son front audacieux
Au-dessus du cèdre orgueilleux ;
Au loin tout révérait
Sa puissance

Et tout adorait
Sa présence :
Je passe, et soudain
Il n'est plus... ; je le cherche en vain.

6. Au savant orgueilleux
Que sert un génie heureux,
Un nom devenu fameux
Par mille travaux glorieux ?
Non , les plus beaux talents,
L'éloquence ,
Les succès brillants ,
La science ,
Ne servent de rien
A qui ne sait vivre en chrétien.

7. Arbitre des humains ,
Dieu seul tient entre ses mains
Les évènements divers
Et le sort de tout l'univers ;
Seul , il n'a qu'à parler ,
Et la foudre
Va frapper , brûler ,
Mettre en poudre
Les plus grands héros ,
Comme les plus vils vermisseaux.

8. La mort , dans son courroux ,
Dispense à son gré ses coups ,
Et l'homme ne fut jamais
A l'abri d'un seul de ses traits.
Sur son triste retour
La vieillesse ,
Dans son plus beau jour
La jeunesse ,
L'enfance au berceau ,
Trouvent tour-à-tour leur tombeau.

9. Oh! combien malheureux
   Est l'homme présomptueux,
   Qui dans ce monde trompeur
   Croit pouvoir trouver son bonheur :
   Dieu seul est immortel,
   Immuable,
   Seul grand, éternel,
   Seul aimable.
   Avec son secours
   Donnons-nous à lui pour toujours.

Sur le mystère de l'Eucharistie.

1. Par les chants les plus magnifiques,
   Sion, célèbre ton Sauveur;
   Exalte dans les saints cantiques
   Ton Dieu, ton chef et ton pasteur;
   Redouble aujourd'hui, pour lui plaire,
   Tes transports, tes soins empressés :
   Jamais tu n'en pourras trop faire,   } bis.
   Tu n'en feras jamais assez.

2. Ouvre ton cœur à l'allégresse,
   A tout le feu de tes transports,
   Lorsque son immense largesse
   T'ouvre elle-même ses trésors :
   Près de consommer son ouvrage,
   Il consacra son dernier jour
   A te laisser ce tendre gage   } bis.
   Qui mit le comble à son amour.

3. Offert sur la table mystique,
   L'Agneau de la nouvelle loi
   Termine enfin la Pâque antique
   Qui figurait le nouveau Roi.

La vérité succède à l'ombre,
La loi de crainte se détruit :
La clarté chasse la nuit sombre,
Et la loi de grâce nous luit.
} *bis.*

4. Jésus, de son amour extrême,
Veut éterniser le bienfait ;
Ce que d'abord il fit lui-même,
Le prêtre à son ordre le fait.
Il change, ô prodige admirable !
Qui n'est aperçu que des cieux,
Le pain en son Corps adorable !
Le vin en son Sang précieux.
} *bis.*

5. L'œil se méprend, l'esprit chancelle ;
Il cherche d'un Dieu la splendeur :
Mais toujours ferme, un vrai fidèle,
Sans hésiter voit son Seigneur.
Son sang pour nous est un breuvage,
Sa chair devient notre aliment,
Les espèces sont le nuage
Qui nous le couvre au sacrement.
} *bis.*

6. On voit le juste et le coupable
S'approcher du banquet divin,
Se ranger à la même table,
Prendre place au même festin.
Chacun reçoit la même hostie....
Mais qu'ils diffèrent dans leur sort !
Le juste tremble et boit la vie,
L'impie affronte et boit la mort.
} *bis.*

7. Ce fils sous la main paternelle
Près de se voir percer le flanc,
Cette victime solennelle
Dont l'Hébreu vit couler le sang,

La manne au goût délicieuse
Qui tous les jours tombait des cieux,
Sont la figure précieuse,
Du prodige offert à nos yeux.

{ *bis.*

8. Je te salue, ô Pain de l'Ange !
Aujourd'hui pain du voyageur :
Toi que j'adore et que je mange,
Ah ! viens dissiper ma langueur.
Loin de toi l'impur, le profane,
Pain réservé pour les enfants,
Mets des élus, céleste manne,
Objet seul digne de nos chants.

{ *bis.*

9. Au secours de notre misère,
Jésus se livre entièrement ;
Dans la crèche, il est notre frère,
Et sur l'autel notre aliment.
Quand il mourut sur le Calvaire,
Il fut la rançou du pécheur ;
Triomphant dans son sanctuaire,
Il est du juste le bonheur

{ *bis.*

10. Honneur, amour, louange et gloire
Te soient rendus, ô bon Pasteur !
Vis à jamais dans ma mémoire,
Sois toujours gravé dans mon cœur.
O Pain des forts ! par ta puissance,
Soulage mon infirmité :
Fais qu'engraissé de ta substance,
Je règne dans l'éternité.

{ *bis.*

Le Ciel.

1. Sainte Cité, demeure permanente,
Sacré palais qu'habite le grand Roi,
Où doit un jour régner l'âme innocente,
Quoi de plus doux que de penser à toi !

    O ma Patrie !
    O mon bonheur !   (*bis*).
    Toute ma vie
  Sois le vœu de mon cœur.

2. Dans tes parvis tout n'est plus qu'allégresse :
C'est un torrent des plus chastes plaisirs !
On ne ressent ni peine ni tristesse ;
On ne connaît ni plainte ni soupirs.
    O ma Patrie ! etc.

3. Tes habitants ne craignent plus d'orage ;
Ils sont au port, ils y sont pour jamais :
Un calme entier devient leur doux partage ;
Dieu dans leur cœur verse un fleuve de paix.
    O ma Patrie ! etc.

4. De quel éclat ce Dieu les environne !
Ah ! je les vois tout brillants de clarté ;
Rien ne saurait y flétrir leur couronne :
Leur vêtement est l'immortalité.
    O ma Patrie ! etc.

5. Pour les Elus il n'est point d'inconstance ;
Tout est soumis au joug du saint amour ;
L'affreux péché n'a plus là de puissance :
Tout bénit Dieu dans cet heureux séjour.
    O ma Patrie ! etc.

6. Beauté divine, ô Beauté ravissante !
Tu fais l'objet du suprême bonheur :
Oh ! quand naîtra cette aurore brillante
Où nous pourrons contempler ta splendeur !
    O ma Patrie, etc.

7. Puisque Dieu seul est notre récompense,
Qu'il soit aussi la fin de nos travaux :
Dans cette vie un moment de souffrance
Mérite au ciel un éternel repos!—O ma Patrie! etc.

Avantages de la Ferveur.

1. Goûtez, âmes ferventes,
Goûtez votre bonheur ;
Mais demeurez constantes
Dans votre sainte ardeur.
        Refrain.
Heureux le cœur fidèle
Où règne la ferveur !
On possède avec elle
Tous les dons du   } *bis.*
        Seigneur.

2 . Elle est le vrai partage
Et le sceau des élus ;
Elle est l'appui le gage
Et l'âme des vertus.
        Heureux, etc.

3. Par elle la foi vive
S'allume dans les cœurs ;
Et sa lumière active
Guide et règle nos mœurs.
        Heureux, etc.

4. Par elle l'espérance
Ranime nos soupirs,
Et croit jouir d'avance
Des céles tes plaisirs.
        Heureux, etc.

5. Par elle dans les âmes
S'accroît de jour en jour.
L'activité des flammes
Du pur et saint amour.
        Heureux, etc.

6. C'est sa vertu puissante
Qui garantit nos sens
De l'amorce attrayante
Des plaisirs séduisants.
        Heureux, etc.

7. C'est sous sa vigilance
Que l'esprit et le cœur
Conservent l'innocence
Et l'aimable pudeur.
        Heureux, etc.

8. C'est elle qui de l'âme
Dévoile la grandeur ;
Et le zèle s'enflamme
Par sa brûlante ardeur.
        Heureux, etc.

9. De l'âme pénitente
Elle adoucit les pleurs ;
Et de l'âme souffrante
Elle éteint les douleurs.
        Heureux, etc.

10. Celui qui fut docile
A vivre sous ses lois,
Courut d'un pas agile
La route de la croix.
        Heureux etc.

11 Par elle du martyre
Les sanglantes rigueurs
Au cœur qui le désire
N'offrent que des douceurs.
        Heureux, etc.

12. Elle est pour qui seconde
Ses généreux efforts,
Une source féconde
Des célestes trésors.
        Heureux, etc.

13. Une larme sincère,
Un seul soupir du cœur,
Par elle a de quoi plaire
Aux yeux purs du Seigneur.
        Heureux, etc.

14. C'est elle qui prépare
Tous ces traits de beauté
Dont la main de Dieu pare
Les Saints dans sa clarté.
        Heureux, etc.

15. Sous ses heureux auspi-
On goûte les bienfaits, [ces,
Les charmes, les délices
De la plus pure paix.
        Heureux. etc.

16. Mais, sans sa vive Heureux le cœur fidèle
    flamme,   Où règne la ferveur;
Tout déplait, tout languit; On a part avec elle
Et la beauté de l'âme   Aux saints dons du
Se fane et dépérit.   Seigneur.   } bis.

DEUXIÈME REFRAIN.

Heureux, mille fois le cœur
Où règne l'innocence;
Heureux mille fois le cœur
Où règne la ferveur.

La gloire et les grandeurs de Marie.

1. Unis aux concerts des Anges,
   Aimable Reine des cieux,
   Nous célébrons tes louanges
   Par nos chants mélodieux.

Chœur.

De Marie
Qu'on publie
Et la gloire et les grandeurs;
Qu'on l'honore,
Qu'on implore,
Qu'elle règne sur nos cœurs.

2. Auprès d'elle la nature
   Est sans grâce, sans beauté;
   Les cieux perdent leur parure,
   L'astre du jour sa clarté.
   De Marie, etc.

3. C'est le lis de la vallée,
   Dont le parfum précieux,
   Sur la terre désolée
   Attira le Roi des cieux.
   De Marie, etc.

4. C'est l'auguste sanctuaire,
   Que le Dieu de majesté
   Inonda de sa lumière,
   Embellit de sa beauté.
         De Marie, etc.

5. C'est la Vierge incomparable,
   Gloire et salut d'Israel,
   Qui pour un monde coupable
   Fléchit le courroux du ciel.
         De Marie, etc.

6. Pour tout dire, c'est Marie ;
   Dans ce nom que de douceur !
   Nom d'une mère chérie,
   Nom, doux espoir du pécheur.
         De Marie, etc.

7. Ah ! vous seuls pouvez nous dire,
   Mortels, qui l'avez goûté,
   Combien doux est son empire !
   Combien grande est sa bonté !
         De Marie, etc.

8. Qui jamais de la détresse
   Lui fit entendre le cri,
   Et n'obtint de sa tendresse,
   Sous son œil un seul abri?
         De Marie, etc.

9. Vous qui d'un monde perfide
   Craignez les puissants appas,
   Si Marie est votre guide,
   Non, vous ne périrez pas.
         De Marie, etc.

10. En vain l'enfer en furie
    Frémirait autour de vous ;

Si vous invoquez Marie,
Vous braverez son courroux.
De Marie, etc.

11. Oui, je veux, ô tendre Mère !
Jusqu'à mon dernier soupir,
T'aimer, te servir, te plaire,
Et pour toi vivre et mourir.
De Marie, etc.

En l'honneur de la Sainte Vierge.

1. J'entends le monde qui m'appelle ;
Mais il m'offre en vain ses appas :
O Marie ! ô Reine immortelle !
Je viens me jeter dans tes bras ;
Sous tes drapeaux, toujours fidèle,
Je ne craindrais plus les combats.

Chœur.
Reine des cieux, Mère auguste et chérie,
Oui, pour toujours, nous sommes tes enfants ;
Nous le jurons à tes pieds, ô Marie !
Plutôt mourir que trahir nos serments. (*ter.*)

2. Laissons au méchant son ivresse,
Ah ! n'envions pas son bonheur ;
Sa folle et bruyante allégresse
N'est toujours qu'un masque trompeur :
Quand le remords suit la tristesse,
Alors il déchire le cœur.   Reine, etc.

3. De fleurs il couronne sa tête
Et sous ses pas naît le plaisir ;
Sa vie est un long jour de fête,
Mais qu'il se hâte d'en jouir :
La pâle mort déjà s'apprête,
Et je vois l'enfer s'entr'ouvrir.   Reine, etc.

Cantique d'action de grâces.

Te Deum laudamus; te Dominum confitemur.

Nous vous louons, ô Dieu; nous vous reconnaissons pour le souverain Seigneur.

Te æternum Patrem omnis terra veneratur.

Père éternel, la terre entière vous révère.

Tibi omnes Angeli, tibi Cœli, et universæ Potestates,

Tous les Anges, les Cieux et toutes les Puissances célestes,

Tibi Cherubim et Seraphim incessabili voce proclamant :

Les Chérubins et les Séraphins redisent éternellement :

Sanctus, Sanctus, Sanctus, Dominus Deus sabaoth.

Saint, Saint, Saint, le Seigneur Dieu des armées.

Pleni sunt cœli et terra majestatis gloriæ tuæ.

Les cieux et la terre sont remplis de la majesté de votre gloire.

Te gloriosus Apostolorum chorus,

Le chœur glorieux des Apôtres,

Te Prophetarum laudabilis numerus,

La troupe vénérable des Prophètes,

Te Martyrum candidatus laudat exercitus.

L'éclatante armée des Martyrs chante vos louanges.

Te per orbem terrarum sancta confitetur Ecclesia,

Dans toute l'étendue de l'univers, l'Église vous adore,

Patrem immensæ majestatis,

O Père, dont la majesté est infinie,

Venerandum tuum verum et unicum Filium,

Et votre Fils unique et véritable,

Sanctum quoque Paraclitum Spiritum.

Et le Saint-Esprit consolateur,

Tu Rex gloriæ, Christe.

O Christ, vous êtes le Roi de gloire,

Tu Patris sempiternus es Filius.

Vous êtes le Fils éternel du Père.

Tu ad liberandum suscepturus hominem, non horruisti Virginis uterum.

Fait homme pour sauver l'homme, vous n'avez pas dédaigné de descendre dans le sein d'une Vierge.

Brisant l'aiguillon de la mort, vous avez ouvert à ceux qui croient, le royaume des cieux.	Tu, devicto mortis aculeo, aperuisti credentibus regna cœlorum.
Vous êtes assis à la droite de Dieu, dans la gloire du Père.	Tu ad dexteram Dei sedes in gloria Patris.
Nous croyons que vous viendrez un jour juger l'univers.	Judex crederis esse venturus
Secourez donc, nous vous en conjurons, vos serviteurs rachetés par votre sang précieux.	Te ergo quæsumus, tuis famulis subveni, quos pretioso sanguine redemisti.
Faites qu'ils soient comptés parmi vos Saints dans la gloire éternelle.	Æterna fac cum Sanctis tuis in gloria numerari.
Sauvez votre peuple, Seigneur, et bénissez votre héritage.	Salvum fac populum tuum, Domine, et benedic hæreditati tuæ.
Conduisez vos enfants, et élevez-les jusqu'à la gloire de l'éternité.	Et rege eos, et extolle illos usque in æternum.
Chaque jour nous vous bénissons;	Per singulos dies benedicimus te.
Nous louons votre nom maintenant, et dans tous les siècles des siècles.	Et laudamus nomen tuum in sæculum et in sæculum sæculi.
Daignez, Seigneur, pendant ce jour, nous préserver de tout péché.	Dignare, Domine, die isto sine peccato nos custodire.
Ayez pitié de nous Seigneur, ayez pitié de nous.	Miserere nostri, Domine, miserere nostri.
Répandez sur nous votre miséricorde, Seigneur, selon que nous avons espéré en vous.	Fiat misericordia tua, Domine, super nos, quemadmodum speravimus in te.
J'ai espéré en vous, Seigneur, je ne serai pas confondu à jamais.	In te, Domine, speravi, non confundar in æternum.

Bordeaux. — Imprimerie de F. Brossier et Comp.

www.ingramcontent.com/pod-product-compliance
Lightning Source LLC
Chambersburg PA
CBHW060842180626
46818CB00004B/1551